아침달 시집

당신의 자리 —
나무로 자라는 방법

유희경

겨울 숲 속 K에게

시인의 말

사람 사이 부드러운 것이 있어
누가 단단한 것을 굴리고
여태 나는 찾고 있다
소리는 어디에서 오는 것일까

2017년 2월
유희경

차례

I

II

그리고

당신의 자리

나는 당신의 오른쪽에 있는 사람이다 나는 당신의 왼쪽에 있지 않은 사람이다 나는 비어 있는 당신의 왼쪽을 생각하는 사람이다 당신의 오른쪽에서 왼쪽으로 돌아가려는 사람이다 당신의 왼쪽으로 가려는 사람이 있다면 그것은 나다 여전히 오른쪽에 남아 있는 사람이 있다면 그것이 나다 나는 그런 사람이다 나는 눈을 감아도 떠도 보이지 않는 한때 그때의 비 비를 듣는 복도 멀어져가는 소실점 왼쪽으로 먼저 가는 이름이다 당신이 모를 이름이다 당신이 색이라면 나는 색을 지우고 숨이라면 나는 숨을 벗는다 오른쪽의 일을 잊고 왼쪽의 일을 잃는 사람이기 때문이다 당신이 여태 보지 못한 얼굴이기 때문이다 당신의 오른쪽에서 왼쪽으로 가려다 사라져버리는 사람이 있다면 그것은 나다 당신은 왼쪽에서 오른쪽으로 오른쪽에서 왼쪽으로 나를 지우고 왼쪽에 두고도 오른쪽을 보는, 나를 모르는 사람이다

I

느릅나무가 있는 골목

오래전 나도 당신도 없고 그러니 어떤 단어도 추억할 수 없는 골목에 모두 잠들어 아무도 깨우지 않게 생활이 돌아눕는 느릅나무가 있는 골목에 아무도 태어나지 않아 우는 것도 없는 그 가만 새벽에 어린 부부는 서로를 꼭 끌어안았을 것이다 고요는 잎보다 먼저 꽃을 흔든다

나무로 자라는 방법

한 남자가 있었다 그는,
두 눈이 빨개지고
두 손이 비어 아플 정도로
아무도 아니었다

나무가 애석한 까닭에 대해서
남자도 새도 가지도 방금,
지워질 듯 떨어져버린 잎도
할 말이 없다 대개 그렇듯

잠시 어떤 시간이 지나간다

남자는 나무를 심지 않았고
나무의 둥치를 만져본 적 없고
몸을 기댄 적도 없지만
남자와 나무의 속도는 같다

그것은 당신이기도 하고
당신이 아닐 수 없기도 하다
당신이 남자와 나무를
알지 못하더라도 그러하다

방금 떨어진 것은 나무의 잎맥이고
나무의 전생이며 지독하게
갔다가 돌아올 남자의 일상이고
무표정한 당신의 민낯

한 남자가 있고 한 그루
나무와 당신
아주 멀리 떨어져서
아무도 아무것도 아닐 만큼

어떤 시간이 지나가고 나도
모르고 있을 그만큼의

조용한 凶

답장을 쓰다 베인 손가락에서 피가 방울진다 이리 작은 게 숨어 있다니 툭툭 털고 털었던 눈이 많이 내렸던 지난겨울 당신이 내게 주었던 한 송이 꽃이 그랬다 모두 버렸지만 버린 것이 그토록 환한 빛으로 기억될 수 있는 것인지 가시질 않아 눈을 감으면 눈 속 가득 만발하는 꽃과 쏟아지는 눈 그리고 당신 단단한 다짐이란 어떻게 무너지는지 보고 싶어 잠 못 든 며칠도 있었다 그들에 대해 나는 아무것도 쓰지 못했다 그러니 핑계를 찾지 못한 통증은 凶이 될 것이다 굳어 있어도 흘려보내는 것이 있다 무엇이든

어떤 악보

붙잡은 것도 없이 놔주는 것도 없는, 영락없이 봄이다 추운 날 흔적처럼 떠오르는 악보가 있어 오전엔 비가 내리고 나무들 검게 변했다 비가 그치면 겉옷을 잃은 사내처럼 나는 訪問하고 싶다 그러나 당신은 문 열어주지 않을지도 모르지 나는 그것이 두렵다 경쇄처럼 가망 없을 우리의 연주를 믿을 수 없어 악보는 사라질 줄 모르고 공중으로 한 무리 젖은 빛들 날아오른다 기척도 없이 열망하듯

깊어가는 병

그 병에 대해 나는 아무런 말을 하지 않을 것이고 할 수도 없을 테지만 너무 깊은 자국과 비좁은 길이 있어 열은 울창하기도 하다 통째로 베어버린 피가 쓰러진 지금, 이마를 짚어줄 손도 없이 오전을 보낸다 바람이 불었기 때문이다 자국을 흩어놓고 길을 가렸기 때문이다 숲처럼 번지는 피가 방향도 없이 가득해 무엇이나 깊어가고 있었다

靜物

사람 다섯쯤 앉아 있는 이 카페는 참으로 조용하여 靜物이다 물잔을 내려놓는 소리, 바닥에서 발견한 당신도 靜物이다 당신에게서 숲이 무럭무럭 자라나는 현상 또한 靜物이다 그 숲을 알고 있고 그 숲이 종일 불러대는 이름을 듣고 있는 나도 靜物이다 그렇게 靜物, 하고 입 밖 소리를 내자니 문득 창밖을 지나가는 여자가 깃을 여미고 고개를 숙인다 靜物이다 문득과 그 여자와 카페의 정지 사이 당신이 키운 나무가 자라고 잎을 떨어뜨리는 일 바람을 흔들고 가지마다 새하얀 눈을 낳는 일 또한 靜物이어서 내가 한가롭고 울창한 것이다 그림자들 붓처럼 쓰러져 빛들이 튄다 여기와 저기, 靜物과 靜物의 사이에

꽃밭 ☾

그 여름 무성하던 시절은 열매를 들켰네 죽은 줄 알았는데 이상한 일이지 씨를 뱉자 붉어진 來生과 고이고 흘러내린 지금뿐이구나 부은 혀가 핥고 울며 더듬대는 써놓으면 달아나는 잔인한 글자들뿐이구나 기울인 쪽으로 흔들리다 떨어지면 누구든 그랬네 마음을 두고 흩어져버린 부수며 부서지며 무서워 떨며 막은 귀로 그토록 새어드는 풍경들 아름다워라 꽃밭이었네 입속으로 눈속으로 귓속으로 아무렇게나 또 가뿐히 자라난 꽃의 품으로 그 여름 다 살고 하얗게 늙어 죽은 빛, 香을 풍기네 그토록 오지 않은 일만 남은 두 손 위로 지금

☾ 평론가 김나영에게

겨울은 겨울로 온다

겨울은 서로 닮았다 가운데쯤 나는 있었다 눈이 내리다 말았고 쌓인 만큼 녹았다 되도록 늦게 늦게 글자를 적는 사람처럼 또 눈이 내리고 떠올리고 잊고 안타까워서 나는 수첩을 덮듯 거기에 있었다

아직 겨울은 아니지만 떠는 손으로 코트를 찾은 것은 앞에 입구를 두고 찾아 헤매는 形色 그러나 겨울밤이라면 나는 불을 끄고 곁에 누워 종알종알 모두 이르고 싶은 마음을 참을 수 없다

우리는 그럴 건데 그렇게 될 텐데 자꾸 그러할 것인데 멈추지 못하고 하찮은 것들을 바라게 된다 아무도 없을 땐 그러다 누가 있기라도 하면 바닥이 바닥을 덮고 그 위를 손으로 쓸어보는 마음

그래도 어쩌면 이렇게 아무도 한 사람도 남아 있지를 않을까 나는 자박거리는 지난겨울 닮은 것들을 여미고 감추며 바람이 가라앉지 않는 건너편에서 여전히 사랑하고 있다

겨울은 서로 닮아서 가운데 그쯤 누가 있지 않으면 분간하기 어렵지 눈이 내렸고 쌓였고 그쳤고 녹기도 했으며 한 자 한 자 오래 걸려 적는 사람처럼 당신이 있다 나는 거기까지 오래오래 걸어 다녀온 기분, 그랬다

가지의 生日

1

겨울 나는 쉼 없이 말라가고
끝없이 밀려 결국 떨어지는
꽃처럼 봄은 오다 가고
이제야 기껏 써놓은 메모를
읽을 수 있게 되었네

2

마른 표정으로 찾아오는 얼굴에
모든 것이 지워져 창문 너머
들어온 빛이 발치에 멈춰 선다
아무 말도 하지 않은 채 꼭 쥔
주먹 속으로 스며드는 사연

3

치장한 바람이 불어 비틀거렸다
거리의 모든 것이 그러했으니
사람들은 담장에 붙어 서서
간직했던 것들을 날렸다 온통
질문 없이 식는 것들뿐이다

4

춥고 아픈 나는 작게 몸을 말아
잎만 남긴 나무 속으로 숨었다
이곳은 비좁고 그저 따뜻하여
어디로도 소식이 오지 않는다
혹시 몰라 팔을 내밀어보았다

모든 기억 위로 눈이 내린다

노크를 망설이는 사람처럼 겨울의 공기가 몸 깊숙이 들어왔다가 사라져버린다 나는 무표정한 손바닥을 펼쳐 눈송이 몇 개 쥐어 주머니 속에 감추었다 모두, 멈춘 게 아니라 한꺼번에 지나간 것처럼 얼어붙을 것이다 그렇게 조금 더 걸어 들어갔다

돌 위에 새긴

빛이 흩날리는 들판에서 잠든 이를 흔들어 깨우는 사랑하는 당신의 입매 버찌 대신 앵두를 키워 그릇에 담는 이 계절 바닥 위로 떠오른 푸른 문양의 허기를 먹고 우는 구름 대신 흩어지는 표정으로 죽은 남편 꿈을 꾸는 여자와 몰래 아기를 가진 딸과 구덩이를 묻고 허리를 펴는 먼지 저 먼지 같은 오늘을 이마에 얹고 통증과 정적을 담은 두 손으로 뿌리를 걷어 올린 채 가는 저 나무 여전히 부스러기를 남기는 우리를 어쩌나 우리는

안개

안개는 당신의 이야기 골목과 나무를 키우는 흐리고 축축한 한 생애가 그저 부럽고 말 못하게 다정한 것은 그 때문이다 그것은 누구의 것도 아니어서 나는 빈손을 놓아두고 오래 그립다 몇 번인가, 그 안에 갇혀 더듬댄 적이 있었다 그때마다 맺히거나 흘러 지워지고 어떤 것은 절름거리듯 사라졌으나, 속은 바깥을 흔들지 않는다 지금 당신은 천천히 깜빡이며 흩어진 내부를 통과하고 있을 것이다

뿌리

눈물이 너무 많은 나의 고모는
손등을 쓰다듬어 별을 쏟는다
하지만 고모 그냥 그림자인걸요
어떤 후회가 우리를 흔들겠어요
돌멩이가 몸을 굴리는 방식으로
의지에는 작은 계산들이 숨어 있다
좁은 어깨를 견주어보는 사람들처럼
그것이 나를 아프게 하지만
멀리서 걸어오는 누군가의 기척
귀를 기울여보아도 그것뿐
지나지 못하고 있다
이게 다 家系의 내력이었다

숲 ◟

그 자리에서 남자가 적고 있는 것은 어떻게 그리 푸르기만 한 것인지 먼지 같은 기억 떠올라 가라앉을 줄 모릅니다 그는 왼손으로 방향이 없는 이마를 감싼 채 계절과 계절을 버티고 있어요 아무런 일도 생기지 않을 테지만 그보다 불안한 각도를 본 적이 없어 시름은 덮여가고 숲처럼 가만가만 상처를 핥는 것입니다

◟ 아티스트 오정택에게

비밀

속삭였다 이건 비밀이야 그러니 세상 모든 것이 비밀이 되었다 발이 닿는 곳마다 버섯처럼 비밀이 자라났다 만지는 것들 모두 비밀이 되었다 맛보는 것들 모두 비밀이 되었다 보이는 것들 모두 비밀이 되었다 이 어두운, 비밀의 공장에서 숙련된 노동자처럼 우리는 하나씩, 하나씩, 끌려져, 그래, 그러자, 낮은 목소리로, 그저 낮은 목소리로, 드디어 마지막 비밀까지 열어봤을 때, 우리는 깔깔 웃어댔다 창밖은 언제나 환하고 명료해 앞뒤로 문을 잡아당기는 것들을 관찰하는 연구자처럼 그래 침묵 언제나 침묵 오후의 빛이 순서도 없이 번져가고 사소한 개인들을 비추고 있다 우리는 비밀이야 비밀이지 그게 우리가 원하는 거야 그래, 그러자 우리는 이 어둑한 비밀의 공장에서 하나씩, 하나씩,

두 개의 그림자☾

그래서 당신, 어둠과 그림자를 감춘 창문 앞에 함부로 당신의 슬픔을 담은 몸을 세워놓고 낱낱이 살펴보려고 할 때, 나누어진 어떤 것, 정신이기도 하고 폐허이기도 한 정적이 망막을 통과해 더 깊은 안쪽으로 사라지려는 것을 보았는지 외투 입은 겨울과 그 겨울이 끌고 온 추억과 딱딱한 사람 그는 당신이 아니다 어찌해도 당신 머릿속을 떠나지 않는 쏟아진 그늘이다 그늘이 가린 어떤 사람의 사라진 어깨다 창문은 너무 많은 것을 담고 흔들린다 바람이 부는 것이다 당신의 몸은 미동도 하지 않는다 갈라진 검은 흔적이 매달려 다시 이곳은 고요 그러니

☾ 패션디자이너 최철용에게

겨울나무 두엇

그녀가 책을 가지러 다락에 올라갔을 때 나는 밟을 때마다 소리를 내는 목제 계단을 따라 내려와 창문 앞에 섰다 개가 한 마리 묶여 있을 듯한 뜰에는 그저 겨울나무만 몇 놓여 있고 창백한 날씨가 쓰러지는 중이었다 때 이른 것인지 때늦은 것인지 모를 그 풍경은, 이후로도 나를 놓아주지 않고 어디든 함께할 것이었다 위층에선 그녀가 부르는 노래 여러 권 책이 무너지거나 다시 쌓이는 소리 나는 움직이지 않았고 짤막하게 요약된 내 그림자도 그러했는데 슬쩍 그리고 슬쩍 움직이는 것도 같아서 나는 내가 그 소리 듣는 중임을 눈치챘다 집 안은 단어와 단어처럼 침묵으로 분간되어 있었다 나는 어젯밤을 생각해보려 의자 위에 걸린, 걸린 것이라기보단 걸쳐진, 걸쳐졌다기보다는 간섭하는 내 윗도리를 보며 미간을 좁혔는데 생각해보면 간밤 나는 잠을 거의 자지 못하였으니 의지는 모두 거절되었던 것 같고 그러자 잊지 말라는 듯 탈색되어가는 겨울나무 두엇 놓인, 놓였다기보다 심겨 있는, 제멋대로 깊게 깊게 자라나는 그것들의 풍경이 사라질 듯 나타났고 점점 진해져 결국 사라진 것 같았다 나는 침대에 누워 있는 기분이 되도록 서 있었으나 그녀는 내려오질 않았고 이제는 노랫소리마저 들리질 않는 것 같아서 거의 울 듯한 기분이 되었다 그런 기분을 나는 그녀라고 생각했다 그러자 그녀는 책을 찾으러 다락에 올라가고 나는 밟을 때마다 소리를 내는 목제 계단을 따라 내려와 창문 앞에 서서 뜰의 속을 오래오래 바라보는 사람이 되었다

잊기도

찾기도 하는 나무의 시간

아주 어렸을 때는 아니었는데, 그 시기가 분명치 않은 기억이 하나 있다. 계절로는 여름쯤의 일이다. 커다란 호두나무가 있었다. 커다란 나무의 긴 가지들에 매달린 잎들이 그늘을 흔들고 있었다. 아니다. 가을이었나 보다. 그때 나는 호두나무 열매를 처음 보았다. 이게 호두란다. 아버지는 초록색 과실을 발로 밟았다. 그 안에서 호두색 호두가 나타났다. 나도 따라 과실을 밟았다. 그곳은 아버지의 고향이었고 감나무로 유명한 동네였는데 어째서 호두나무였는지는 모르겠다. 그렇게 몇 개쯤 가지고 놀았나. 동네 어른들이 작은 호두나무 묘목을 가지고 왔다. 아버지는 나무를 싣고서는 트렁크 문을 탕, 소리 나게 닫았다. 이제 호두를 키워보는 거야. 열매가 열리려면 한참이 걸리겠지만, 네가 어른이 되면 그때쯤엔 열매를 얻을 수 있을 거다. 이튿날 서울 우리 집 아파트 화단 한구석에 그 묘목을 심었다. 아주 작은 나무였으므로 그리 깊게 파지 않아도 됐다. 잘 자랄 수 있을까. 자라나 열매가 생기면 발로 밟아야 나타나는 호두를 친구들에게 보여주고 싶다. 그런 생각을 하면서 안고 있던 조리개로 물을 뿌렸다. 늦었지만 이건 네 나무야. 나는 따라 말했다. 이건 내 나무야. 내 나무. 처음으로 입에 물어본 말이었다. 애정이 싹을 틔웠다. 순식간에 우렁우렁 자라났다. 시골집 그 큰 호두나무처럼 그늘을 흔들었다. 매일매일 나무에게로 갔다. 친구들을 데려가기도 하고 혼자 가기도 했다. 내 나무를 보고 싶었다. 개나리의 낭창낭창한 가지들 곁에서, 장차 장대해질 나무가, 호두를 툭툭 떨어뜨릴 내 나무가 하루씩 나이를 먹고 있었다. 그러나 아이의 관심이란 그리 오래 가지 못한다. 내 나무라고 해서 내 이름을 불러주는 것도 아니고, 강아지처럼 졸졸 뒤를 쫓아오는 것도 아니니까. 나는 나무를 잊었다. 이듬해 식목일이 되어서야 나무가 밑동만 남긴 채 잘렸다는 것을 알게 된 것은 그런 까닭일 것이다. 아버지와 나는 망연히 아주 작은 그루터기를 내려다보았다. 사람들이 착각했구나. 이게 호두나무인 줄을 몰랐던 거야. 발목이 시큰했다. 내가 경비 아저씨들의 무심함을 힘껏 미워하고 있는 동안, 아버지는 팻말을 만들었다. 자르지 마시오. 호두나무입니다. 그러나 소용없었다. 내 나무는 팻말과 함께 미처 자라기도 전에 잘리고 또 잘렸다. 매년 아버지와 나는 조금씩 두툼해져가는 나무 그루터기만을 확인했다. 그때마다 무릎이 손목이 관절이 있는 곳이면 어디나 시큰해지고 키가 자랐다. 키가 자라는 동안 나는 내 나무를 잊으며 나이를 먹어갔고, 제법 두툼해진 그루터기를 남겨놓고서 동네를 떠났다. 아버지가 돌아가시고 난 며칠 뒤에 나는 다시 그 나무를 떠올렸다. 꿈을 꿨기 때문이었다. 호두나무 아래서 호두를 밟는 꿈이었다. 아버지는 없었는데, 나는 아버지를 느꼈다. 젖은 꿈에서 깨어 침대에 앉아 그런 생각을 했다. 거기 아직 그 나무가 있을까. 그럴 리 없지. 그 아파트는 없어진 지 오래. 그 나무도 건물의 잔해들과 어디론가 실려가 버려졌을 것이다. 시큰했다. 몸과 마음, 기억들, 어디라고 할 것 없이. 울었다. 아파서 그랬다. 몸과 마음,

기억들 어디고 할 것 없이.

나는 나무를 하나 품고 산다. 때론 크고, 때론 너무 작고 그루터기로만 있을 때도 있다. 심은 것인지 그 자리에서 자라난 것인지도 모른다. 그러나, 나와 나무의 시간은 같다. 벌써 참 오래되었다. 나무는 때가 닿으면 바람에 흔들리다가 근사한 나뭇잎을 우수수 떨어뜨리고, 어느새 눈 덮인 가지를 갖기도 한다. 그 나무는 호두나무이기도 하고 아니기도 하다. 열매를 맺기는 하는 것인지도 모르겠다. 열매를 맺는 품종이라고 해도 내내 자라며 잘리고 잘리다가 널직한 그루터기로 남을 수도 있다. 어쩌면 운이 좋아 한두 개쯤 매달아볼 수도 있겠지. 그것은 내 나무다. 잊기도 하고 찾기도 하는. 내가 아주 멀리 떨어져 있어도, 어떤 시간이 아득하게 지나가도 거기에 있는. 내 나무.

II

겨울의 언덕

아름답지도 잊히지도 않는 가늘고 긴 바람이 있어 얼굴은 성냥처럼 붉어지고 쌓인 가지에선 그늘 부러지는 소리 얼어붙은 새벽은 어둡고 조용했네 기억은 왜 자꾸 언덕을 낳는지 미끄러지듯 가팔라져가는 마른 눈 맞으며 그때 나는 무엇을 찾으러 가는 중이었을까

화분

나에겐 화분이 몇 개 있다 그 화분들 각각 이름을 붙여주었지만 어쩌면 따박따박 잊지 않고 잎 위에 내려앉는 햇빛이 그들의 본명일지도 모르지 누구든 자신의 이름을 먹고 자라기 때문이다 젖을 정도로 부어주는 물도 그들의 이름일 테지 흠뻑 젖고 아래로 쏟아낸 물을 다시 부어주어도 된다는 것을 알게 되었을 때 나는 나의 발을 보았다 거실의 부분, 환하다

풍경

나무가 나무로 흔들린다 의자가 의자로 있고 거기 한 사내가 앉아 있다 그는 나무도 의자도 슬픔도 아니다 지금은 그저 묽고 흔한 겨울 저녁 눈도 내리지 않는 그러나 보지 않은 것을 보지 않았다고 어떻게 말할 수 있는가 그는 못 같은 침묵을 구부린다 나무가 나무로 의자가 의자로 있는 눈도 내리지 않는 묽고 그저 흔한 겨울 저녁 금방 지워질 새 그림자 같은

가벼운 날들

사람의 일이다 의지에 대해 그는 그와 같이 말했다 나는 종종 부엌에서 글을 썼기 때문에 그가 책상을 두드리는 것이 신경 쓰였고 그의 손가락을 유심히 바라보기도 했었다 그때 그의 손가락이 나무의 형상으로 변했다고 해도 놀라지 않았을 것이다 나는 헐겁게 매인 목도리처럼 앉아 움직이지 않았다 또박또박 소리들이 다가왔다 사라졌다 다가오기를 반복하여 내 안에 깊숙이 자리를 잡았다

사람의 일이 아니라고 해도 할 수 없지 공중을 걸어 올라가는 온기의 힘을 빌려 조금씩 취해가는 내가 대꾸했다 아직 이른 저녁이었지만 바깥은 깜깜했다 겨울인가 겨울일지도 모르지 그는 기우뚱 몸을 기울였다 또박또박 소리는 멈추지 않고 왔다가 사라지고 왔다가 사라졌다 눈은 내리지 않았다 그것은 지나쳐가는 것이었나 그럴지도 모른다

간신히 써낸 일기장을 덮듯 나는 안심하고 있었는지도 모른다 그에게 묻고 싶었던 말이 빠르게 지워졌다 고쳐 앉은 그가 나에게로 다가와, 소리는 더 이상 다가오거나 사라지거나 지나치지 않았고 나는 몸을 당겨 생각의 거리를 걸어갔다 사람의 일이다 내가 갑자기 걸어갔으므로 그는 내 앞에 있는 것도 없는 것도 아니게 되었다 그가 알지 못하는 사이 나는 그와 점점 멀어지고 있다 그는 내 배 속에 손을 밀어넣을 수도 있고 그 안에서 꺼낸

것을 셀 수도 있었겠지만 보람도 의미도 없는 일에 사람은 움직이지 않는다 그저 사람의 일이라고 중얼거릴 뿐

며칠

모른다는 말 없이 알고 있지도 않으면서 아무것도 남기지 아니하려다 가만가만 떨어지는 눈이 비를 덮어가는 것을 보고만 있었습니다 그리 또 며칠이 지났지요 물에 갇힌 돌이 깎여 흐르고 그만큼 자라난 이끼를 세어보려 했던 어떤 날을 생각합니다 바람이 불어 무엇이든 흘러가고 그 속이 그림자를 낳고 다시 그림자가 그림자를 삼키는 맑고 추운 날이었어요

魅惑에 이르는 시간

담요, 라고 말할 때마다 주저, 주저하며 내려오는 밤하늘 곳곳 남아 있는 온기가 내놓지도 들이지도 못하는 손길로 얼굴을 만지고 따뜻하고 뜨거워 말도 숨도 감추지 못하는 나는 아직도 여태도 없는 우리를 덮어 음악은 잔에 담아 건네는 물처럼 흔들려 가고 흔들려 오고 그러다 가라앉으며 눈을 뜨듯 지금을 기억해 살짝 그리고 슬쩍 곁을 내주고 곁을 가져오고 따뜻하고 뜨거워 의미도 감정도 감추지 못하는 나는 담요의 고요를 매만져 생애가 바닥에 끌리는 소리 빛이 내려와 떨리는 기척 심장에 맺히는 그림자를 그려봐 네가, 네가 하면서 지키면서 일어나면서 마주보고 앉아 더없이 사랑하는 불안을 끌어당겨 매혹에 이르는 시간을 그렇게 그렇듯 반복하고 있어 여기서 여기만으로, 고개를 끄덕, 끄덕이는 사람처럼

눈물의 무덤

단풍의 가지를 부러뜨렸을 때, 물방울이 뚝뚝 떨어지는 것을 보았습니다 아이들의 머리카락 환히 빛나고 그림자들 옅어져가던 저녁 놀이에 숨느라 그랬지요 그때 나는 아홉 살이던가 열 살 그러나 그날 밤 나는 꿈에서도 비어져 나오던 수액이 떨어지는 소리를 듣게 되겠지요 서른이 넘도록 단풍잎이 붉어지는 것은 다만 나의 일이라 생각도 하게 되겠지요 그런 것도 모르고 마르지 않는 물의 자리를 흙으로 덮고 또 덮었습니다

유년의 바다

기억의 끝에는 불쑥 튀어나온 바위가 있었다. 바위 위로 기어오른 아이들은 바다에 몸을 던졌다. 태어난 포말이 먼저 해변까지 떠내려가고 뒤따라 뭍으로 기어 나온 아이들은 숨을 헐떡였다. 여름날의 뜨거움이 아이들의 거센 숨을 만졌다. 껍질을 벗은 아이들이 점점 까매져갔다. 바다는 거기에 있었다. 젖은 발이 마르기 전까지. 아이들이 다시 뛰어든 다음에도.

당신에게

눈물을 눈물에게 보낸 당신에게 끝끝내 견디게 못한 당신에게 약간의 당신에게 부러진 당신에게 지난밤을 보낸다 접어 당신의 깊고 우울한 호주머니 속에 넣는다 밤은 별 밖의 밖처럼 단단해져 의자에 몸을 감추던 당신, 숨 못 쉴 만큼만 바람이 분다 떠나지 못할 별 같은 작은 발로 오랫동안 서성대고 있다 오래 걷는 것은 멀리 걷는 것과 같다 당신은 그 작은 발로 참 오래 머물고 있다

드리움

드리워지자, 울었다 나는 아니었으면 하고 훌쩍였다
드리워지자, 울었다 그게 나는 아니었으면 하며 훌쩍
드리워지고, 훌쩍이며 울었을 때 나는 아니었으면 하고
드리워지자, 울었던 건 내가 아니었고 훌쩍였던 건
드리워진 내가 아니었고 울었던 것이 훌쩍였다
나는 드리워졌으나 울지 않았다 훌쩍이는 게 있었다
드리워지자, 훌쩍이던 나는 우는 게 아니었다
훌쩍이며, 드리워진 건 내가 울었기 때문이었다
드리워지자, 나는 내가 아니었고 훌쩍이며 누가 울었다
울었던 것이 드리워지자 훌쩍이며 아니었으면 하고 나는,
드리워지고, 울었으므로 나는 훌쩍이며 아니라고
드리워지자마자 나는 울었고 훌쩍이며 아니라고 그게
드리워진 나에게 울음이 훌쩍이며 그것도 아니라고
드리워지자, 울었다 나는 아니었으면 하고 훌쩍였으나
드리워진 건 대체 누굴까 나는 왜 울지 않는 걸까
드리워지자 나는 없었으므로 혹시 훌쩍였나 울지 않고
울어도 운 건 모르고 드리워진 게 나는 아니었을까
드리워지지 않았다가 결국 드리워지게 된 나는
훌쩍이는 수밖에 없었나 울지 않고서 그래서
드리워지자, 울었나 나는 아니었으면 하고 훌쩍이면서
드리워지자, 울었다 나는 아니었으면 하고 훌쩍였다
그랬나, 드리워진 건 나였나 운 것도 훌쩍인 것도

상자

오후, 소문을 엿듣는 사내처럼
조용히 흔들리는 게 있고
그러다 흔들어보는 것도 있고
아무튼 뒤섞인 것만 남아
그저 상자 같기만 하고
나무 냄새 자욱한 그 속에서
창문을 열어보는 슬픔과
손끝에 만져지는 먼지와
아이들이 뛰어노는 소리와
한낮의 아래로 깃드는 비둘기
헐겁다 나도 상자 속 당신도

이야기

졸음처럼 어떤 나무의 잎들은 단풍 들지 않을 것이다 오른쪽에서 불어온 바람이 오른쪽 귓속으로 들 때

가벼운 잠 위로 어떤 나무가 흔들리는 소리 낯선 사람들의 대화 소리 모두 그늘을 만든다

나는 어떤 나무 앞에 앉아 있고 살짝 잠이 들어 있으니 지금 그늘져 있는 곳까지 찾아오는 기색

그러니 조금씩 두꺼워져가는 잠 바깥에 눈 없이 어떤 나무가 어떤 나무로 서 있는 동안 당신이 당신으로 걸어오는 그동안에

보물◟

깊은 곳에서도 반짝이는 것이라니 파도가 덮어 흔들리는 빛이라니 지금을 숨기는 어두운 속내라니 내게는 그보다 더한 것이 생기지 않는다 지워지기보다 사라지는 당신, 나무는 가벼이 침몰하지 않는다는 것을 긴 침묵을 위해 물결로 이끼로 전설로 덮여간다는 사실을 알고 있는지 기꺼이 내가 가라앉는 까닭, 거기에 혹은 그러기에 남아 조금씩 자리를 움직이는

◟ 아티스트 정소영에게

그해 여름

더위를 피해 옥상에 올랐을 때 우리는 그 밤의 피해자처럼 굴었지 구석에 숨어 울음을 흉내 내던 사람은 분명 너였고 낄낄대며 웃었던 것은 나였고 그제야 가을이 찾아왔는데, 생각해보면 가을이 찾아온 것이 아니라 우리가 가을을 찾아간 것이었지만 노랗고 빨갛게 번진 우리는 버릇처럼 말했다 이 잔만 비우고 일어나자 그 잔 속에 가득 찬 것이 기름 같은 우리의 수치여도

나의 소년들

풍덩, 소리가 나는 방향으로 일제히 고개를 돌리는 나의 소년들 가까운 곳에서 먼 곳으로 더 먼 곳으로 흘러가고 변하지 않을 것처럼 시시각각 변해가는 나의 소년들 바지를 걷어 올리고 그곳으로 가려는 것처럼 실제로 그곳이 있는 것처럼 두 귀를 세울 수나 있는 것처럼 다시 무엇이든 풍덩거리며 찾아올 것처럼 그런데 그건 사실이 아니거나 사실인 나의 소년들 나의 소년들은 이미 그곳에 없는 것과 다름없고 여전히 하늘은 높고 바람이 불고 나무 그늘은 멀리 있는 기어코 끝내 그런 모습으로 영영 죽지 않는 돌멩이처럼 나이를 먹으며 풍덩 몸을 던지고 아무것도 없었다는 듯 가만히 귀를 기울이는 나의 소년들 그들의 그늘처럼 생각해보면 거긴 늘 없는데 없는 것이나 마찬가지 무서워하거나 부끄러워서 몸을 삼키고 그 삼킨 몸이 흉터도 없이 생몸뚱어리 우연이 우연을 부르는 언제나처럼 비는 내리지도 않았다 고요라는 건 믿고 싶지도 숨기고 싶지도 않았던 그곳에 풍덩, 소리가 나고 소리가 난 쪽으로 일제히 고개를 돌리는 나의 소년들

무릎

참나무인 女子와 그 女子가 펴 올리는 지난 물과 감춰두고 키운 재빠른 감정과 만져볼 수 없는 감촉 구름과 계절은 이마를 지나 사라져가고 무릎의 뼈를 만지며 태어나는 한 사람 생각 흔들려 무수해지고 무수해지는 부드럽거나 어쩌면 부끄러운 것들 쌓여 결국 참나무를 배우는 참나무인 女子를 나는 알고 있다

연기

말라버린 木刻人形 사내는 타오르며 앓고 있었다 서늘한 그늘만 남겨두고 삐걱거리는 사방, 무수한 잎들 사이, 그의 고향이기도 하고 타지이기도 한 그곳 어떤 장소도 그는 움직이지 못했다 글쎄, 그 시절을 흔들 수 있었을까 연기는 생을 감춘다 아무것도 보지 못하게 불을 붙이는 이가 있는 까닭이다 그저 자욱한 한때만 남겨두고 재가 된 그가 웃는다 나는 들었다

a case of you

오후의 속눈썹과 음악과
흔들리는 커튼이 남아 있는
눈가를 닦아내다 말고
손끝이 참 차갑구나
당신이 비운 자리 옆에서
빛을 가지고 놀고 놀던
그 손이다 닫힌 공간으로
천천히 부유하던 믿음과
오지 못하고 멀어지는 소음을
펼쳐놓고 숨죽이는 지금
우리는 아무것도 모르지
나는 그게 참 다행이다 몰라서
우리는 작고 여전하다
기억해볼 것도 없이
환한 속에서나 볼 수 있도록

우리의 明滅

골목은 사라져, 우리가 할 수 있는 일은 이제 더듬거리는 일뿐이네 깔깔대던 것들은 남지 않았지 내가 네 이름을 썼던 담장은 잘게 부수어지고 왜 죽은 것은 겁도 없이 어두워져가는 걸까

우리를 놀리고 도망간 우리의 꼬리가 보여 냄새를 헐떡이던 그때 통과하기는 한 걸까 그때는 아직도 그때의 것일까 나뭇가지들 부러뜨리던 그늘의 무게를 갖기 위해 우리는 앞으로 자라났는데

거기 우리가 우리들의 어머니가 어제의 창문 위로 지나가는 구름과 서먹서먹해지는 얼굴이 표정이 사라져 보이지 않는 밤이 숨어 있네 다시 아침이 될 때까지 아주 사라져버릴 때까지

마흔두 개의 초록 ☾

그렇게 여름이 오기 시작한 지는 이 년쯤 되었나 소맷부리 걷은 당신이 가고 남은 나는 자꾸 초록의 색을 헤아리게 되는 것인데, 어쩐지 다 세기도 전에 큰비가 내리고 여름이 간다 바람이 불고 눈이 내려 마른 가지에도 초록은 있고 그것은 한 마흔두 개쯤의 색을 숨기는 가시지 않는 나의 습관이다 벗고 입고 생각하기도 하는 그 작은 것들은 잊을 틈도 없어 어떤 꿈은 나를 그 앞에 데려가고 각막부터 망막까지 짧은 새를 초록으로 시름시름 앓게도 하는 것인데, 앓다 보면 봄이 온다는 것도 이제는 안다 여태 시월이고 초록은 아직도 가시질 않아서 오늘은 당신에게 편지를 보낸다 올해는 여전히 올해로 남을 것 같다고 내년이 되어도 여전히 더 남은 것이 있을 것 같다고 또 며칠은 봄의 근처로 조금씩 움직여 나갈 것이다

☾ 그가, 오늘은 마흔두 개의 초록을 보았어요, 라고 말했던 날은 별이 환한 초여름 저녁이었다. 정말 마흔두 개였나요. 그는 환하게 웃었다. 그날을, 그날의 그를 오래오래 기억하게 될 것이다. 이 시의 제목은 그의 시집 제목이자, 그의 시 제목이며, 그의 이름이기도 하다. 먼 땅에서, 가깝게 살고 있는 마종기 시인에게 보낸다.

그런 일이 있었다

네가 울었다
버리고 싶었다
버릴 수 없었다
버릴 수 없어서
서랍에 넣어두었다
그런 일이 있었다

네가 울었다고 쓴다
버릴 것으로 기록한다
버릴 것은 뾰족하고
뾰족한 것은 버려지니까
서랍에 넣어두었지
그것은 이야깃거리
이야깃거리는 손에서 손으로
옮아간다 질병처럼
모두가 아픈 사정처럼
그런 일이 있었다
그런 일이 있었대
그런 일이 있었지

네가 울었다는 사실
그것 말고 무엇이 있었나

깜깜하다 뾰족해서
서랍 속에 넣어둔
사실은 버려버린 것처럼
왜 아무것도 하지 않았나
죄책은 자책으로 가고
자책에서 돌아오지 않는구나
네가 울었으니까
나는 기록했고 뾰족한 것은
뾰족한 그대로 서랍 속에
그래, 그런 일이 있었지

네가 울었다
버리고 싶었다
실은 버리고 말았지
서랍은 핑계야 서랍은
근사한 핑곗거리지
뾰족하다고 변명하면서
뾰족한 거라고 생각하면서
외마디 의성어로
서랍을 닫아버리지
그러곤 말하는 거야
그런 일이 있었어 그래,

그런 일이 있었던 거지

그런 일이 있었어
네가 울고 있었거든

불면

그곳엔 벚꽃이 하도 핀다고 삼사월 밤이면 꿈을 꾸느라 앓고 앓아 두 눈이 닳을 지경이라고 당신이 그랬다 경청하는 두 귓속으로 바람이 일고 손이 손을 만났다 남은 기척 모두 곁에 두고 싶었던 까닭에 나는 애를 써도 잠이 들지 못했다

십 년[☾]

저물녘이 되었다 온갖 한쪽이 붉다 당신이 묻은 것만 같다 나의 세계 나의 얼룩 당신이 묻었다니까 우리가 보낸 십 년 같다 서로 모르는 돌멩이처럼

저물녘은 해석이 되고 본심은 그림자가 길다 창문에는 온통 그런 이야기뿐이다 기대어 있는 것들이 걸어간다 전부 적지 않은 문장같이 너무 많아서

우리는 자주 앓을 것 저물녘 창가에 서게 될 것 돌멩이를 굴려보듯 서로를 생각하게 될 것 세계와 얼룩의 이야기를 만들어갈 것 여전히 적지 못하는 문장처럼

그건 그것대로 당신 같아서 밤이 되었다

십 년의 다음처럼 창밖은 깜깜해졌다

☾ 시인 김소연에게

빈 산책

조금 더 걸어갔다 너는 조금 더 멀어졌고 나는 소리를 들었다 듣고 있었다 멀리서 가까이 가까이에서 멀리 소리는 날아가버렸다 소리는 날아가버리지 네가 있는 쪽으로 그래서 나는 네가 그 소리를 듣고 있는 것은 아닐까 멀리서 가까이 가까이에서 멀리 날아가버리는 그 소리를 너는 들었겠지 듣고 있겠지 짐작하고는 조금 더 걸어갔다 길은 늘 구부러졌고 길을 따라 긴 담이 이어지고 있었다 오래된 나무들과 말라버린 겨울나무들과 일부를 지우고 일부만 남은 검은 나무들과 오래된 담의 회색빛은 참 잘 어울려 그런데 여기는 어디지 여기는 어딜까 나는 너에게서 조금 더 멀어진 걸까 조금 더 가까워진 걸까 알 수 없지 알 수 없으니 조금 더 걸어가보자 조금 더 걸어갔다 구부러진 길의 회색 담을 따라 줄지어 자라난 나무 아래로 금이 하나 가 있었다 왼쪽에서 오른쪽으로 지나온 길과 지나갈 길로 이어지다가 사라져버렸다 조금 더 걸어가다가 걸어가기를 멈추고 몰래 금의 끝을 만져보았다 이건 숨은 거야 감춘 거지 버티다 숨겨놓은 마음에 대해서라면 나는 이미 잘 알고 있다 그렇게 생각했다 그렇게 생각하면서 조금 더 걸어가보려고 했으나 조금 더 걸어갈 수 없었다 너무 멀리 왔기 때문이었고 너무 멀리 왔구나 길을 잃어버려서 우는 사람이 되고 싶었던 까닭이다

偏愛

한낮인데, 그 길은 어두웠습니다 자칫 나는 길이 지워졌구나 생각할 뻔도 했었지요 무언가 바싹 밟히지 않았더라면 그랬더라면 끝없는 심연으로 떨어지는 상상을 그치지 못했을지도 모릅니다

밟은 것은 낙엽이었던 모양입니다 길이 끝날 때까지 간간 지워지지 않고 소리는 따라붙었고 그럴 때마다 나는 안심을 하기도 했었습니다 그러나 이 계절 마른 잎이라니 나는 내가 어디를 걷는지도 잊어버린 채

기울어 닳아가는 신발 뒤축 그것이 끌고 다니던 한 색의 그림자 어쩌면 흐릿해져버린 것은 내 눈일지도 모른다고 애써 달래던 마음을 생각했지요 그러나 마음이라니 얼마나 우스운지 소리 내어 웃을 뻔도 했지 뭔가요

어쨌든 길은 끝나기 마련이라 마른 것이 잎인지 꽃인지 알아챌 새도 없이 돌아 나섰을 때엔 온통 백색의 길이 비릿한 면모로 드러나 있었던 것입니다 나는 그것이 흉측하다고 여겼습니다 가린 것 없는 형체란

기대할 것도 없는 것 아니겠습니까 잠시 돌아서서 돌아갈까 어두운 길에서 나를 실종시킬까 망설여보기도 한 거였으나 나는

그런 방식으로 사랑을 해본 적이 없었습니다 한 번도 당신이 잘 알고 있는 것처럼 그것은

어쩔 수 없는 일이기도 했습니다

저녁잠

언제였더라 윗집 남자가 쿵쿵
거실에서 부엌 쪽으로
걸어가네 그릇과 그릇이 맞닿고
식탁 의자를 끌어내는
저녁 나는
돌아눕듯 잠이 들었어 아직 저녁
보이지 않는 배관을 따라
복잡하게 내려가는 물소리같이
못되게 굴었고 그러는 거 아니야
한 소리 들었고 그랬던 날 저녁
네가 운다 그런데 너는 누구니
너를 모르네 이건 꿈이구나
꿈은 어떤 시절의 눈보라
푹푹 발 빠지게 쌓인 검은 눈
하지만 여긴 소파인데 나는 곪은 상처처럼
검은 소파에서 잠들어
땀을 흘리고 있구나 여름도 아닌데
겨울도 아니고 그럼 봄일까 우르르
쏟아지는 것은 눈이 아니라 꽃잎이었나
꽃이 못 되어서가 아니고 그저
꽃잎으로 쏟아지는 검은 꽃잎들을
보다가 잠이 쏟아진다 그렇구나

눈도 꽃잎도 아니고 쏟아지는 건
잠이었네 발아래 흥건한 잠
자고 있는데 잠을 견디지 못하겠다
발을 빼지 못하겠다 나는 그래
그러는 거 아니었지 인정했어
꿈에서라도 꿈이니까 그럴 수 있지
윗집 남자의 식탁에 앉아
내 몫의 식기와 수저를 두고 앉아서
함빡 웃는 것처럼 눈을 떴다 아직 저녁
밤이 아니었다

흑백

어젯밤에는 부고를 접했습니다
어머니 그리고 동생 둘과 함께
어두운 도로를 따라 달리는 동안 우리는,
누구나 죽는 법이지요 시간은 애틋하고
고인과는 별다른 추억이 없더라도
시 외곽 장례식장에 닿을 때까지
각자의 상념에 빠져 있었습니다
조수석에서 나는 궁금했습니다
무슨 생각을 하고 있는 것일까
참 유별나구나 우리는
오래전부터
불현듯 말을 잊곤 했지요 늦고 느린
저녁 식탁처럼 턱을 괸 채
서로를 바라보곤 했습니다 견디지 못하고
매어놓은 넥타이를 조금 풀면서
침묵에 균열을 내어보려고
어떤 말이라도 해보려고
이상한 요즘 날씨에 대한 걱정일 수도 있고
고인에 대한 농담일 수도 있는
그러나 말하지 못했습니다
한밤에는 어디든 가까운 법이군요
장례식장도 앞좌석과 뒷좌석 사이도

준비한 음식이 모두 떨어졌다고
미안해하던 고인의 딸 머리에는
하얀 리본이 꽂혀 있었습니다
나비 같았어 나는 나비가 날아가버릴까
걱정했는데 리본이 나비가 아니듯
사물은 당장을 넘어서지 못하지요
그러니 우리가 모여 있을 수 있는 거고요
죽은 사람이 벌떡 일어나
길게 기지개 켜는 일은 없을 테니까
그리하여 멀뚱히 앉아 서로의 얼굴만
바라보는 중인데 나는 우리가
다 같이 검정 옷을 차려입었다는 사실에
경악하면서 느닷없이 지난 나의 잘못을
저지른 과오들을 떠올렸습니다
도망을 치고 싶었습니다
부의함을 훔치려는 도둑처럼
장례식장을 가로질러 내달리며 괴성을 지르고 싶은
충동에 사로잡히고 말았습니다 그게 아니라면
사과라도 해야겠다 모두 나의 죄라고
고백하고 무릎 꿇고 납작 엎드려
눈물을 흘려야겠다 괴로움에 빠져 있는데,

사는 것은 꿈같은 일이로구나
어머니께서 말씀하셨습니다
동생 둘은 고개를 끄덕거리고 나는,
풀어놓은 넥타이를 조여 매면서
컵에 따른 사이다를 조금 마셨습니다

여전히

겨울 숲에서

눈이 내린 겨울 숲을 상상한다. 안인지 밖인지 몰라서 나는 길을 잃는다. 짐승이 지나갔던 자리가 있다. 작고 가벼운 놈이다. 어느 사이 마주칠지도 모르지만, 나는 모른 척할 수 있을 것 같다. 주머니를 뒤적여 먹을 것이라도 있으면 좋겠지만 나는 그저 슬프기만 하다. 겨울 숲, 이라는 춥고 가난한 여운 때문일 것이다. 매서운 바람이 구석구석을 누비고 사라진다. 나는 몸을 떤다. 어디로 가야 하는 것일까. 옷깃을 여미고 비탈을 따라 내려가다가 누군가를 만나면 인사를 해야 할지, 길을 물어야 할지 모르겠다. 곧 밤이 찾아올 것이다. 겨울 숲은 금방 어두워지기 마련이다. 마침내 깜깜해졌을 때, 달빛에 드러난 숲의 허연 속내 위로 흩어져 있는 잔가지들을 모아 불을 붙이는 사람처럼 어딘가 따뜻해지는 구석도 있지만, 그것 역시 상상의 일이다. 이곳이 어딘지 내가 모르는 것처럼. 사실 나는 알고 있다. 이 겨울 숲이 어디로부터 왔는지. 그리고 내가 왜 이곳의 밤을 기다리고 있는지도. 내가 상상할 수 있는 마음의 끝. 거기다. 당신이다. 호칭도, 지명도 아니고 시도 아닌 아주 멀고 가까운 곳. 여지껏 내가 헤매고 다녔던, 막상은 나갈 뜻은 아예 없었던 거기 당신. 당신의 이름이기도 하고 마음이기도 하고 자리이기도 한. 어쩌면 그런가. 당신은 왜 아직도 나를 모르나. 나는 당신 겨울 숲에 와 있는데. 이제 나는 이곳에 작은 굴을 파야겠다는 생각도 한다. 여기서 겨울을 보내고 봄의 숲을 기다리고 싶어졌다. 연한 빛들을 가다듬고 거친 계절을 떠나보낼 때까지. 작은 짐승들이 마침

내 안전해져서 혹독했던 지난 계절을 잊게 될 때까지. 아니 당신이 나를 알아볼 때까지. 나는 이곳에 있어야겠다고 생각한다. 상상을 거두지 않는다. 그렇게 될 때까지.

아침달 시집 1

당신의 자리 —
나무로 자라는 방법

1판 1쇄 펴냄 2017년 2월 15일
6판 1쇄 펴냄 2023년 9월 1일

지은이 유희경
큐레이터 김소연, 김언, 유계영
편집 송승언, 서윤후
디자인 한유미, 정유경

펴낸곳 아침달
펴낸이 손문경
출판등록 제2013-000289호
주소 03980 서울시 마포구 성미산로 153-16, 2층
전화 02-3446-5238
팩스 02-3446-5208
전자우편 achimdalbooks@gmail.com

값 12,000원

ISBN 979-11-958329-8-9 03810

이 도서의 국립중앙도서관 출판예정도서목록(CIP)은
서지정보유통지원시스템 홈페이지(http://seoji.nl.go.kr)와
국가자료종합목록시스템(http://www.nl.go.kr/kolisnet)에서 이용하실 수 있습니다.
(CIP제어번호 : CIP2018025809)

아침달